Petit Lapin Blanc
se déguise

D'autres aventures de Petit Lapin Blanc (liste complète à la fin de l'ouvrage).

Petit Lapin Blanc
se déguise

Gautier•Languereau

Aujourd'hui, à peine réveillé,

Petit Lapin Blanc a une idée :

« Ce matin, pas question de m'habiller,

je veux me déguiser ! »

Un bandeau, un chapeau,

une ceinture, une épée…

« Je suis un pirate, un vrai ! »

Petit Lapin Blanc s'admire dans le miroir.

« Et je m'appelle Barbe Noire ! »

« À l'abordage ! s'écrie Barbe Noire.

Le fauteuil, c'est mon bateau.

Tchink ! Tchak !

Prends ça, vilain corsaire !

La tempête arrive. Attention, coco ! »

Mais le petit pirate
se lasse vite de jouer tout seul…
« Je veux inviter César, Margot,
Maelys et Pablo !
— C'est d'accord, dit Maman.
Allô ! Allô ! »

Petit Lapin Blanc attend ses amis.

Ding dong ! Invités en vue !

« Bonjour tout le monde ! dit César.

Moi, je suis Zorro

et j'aime la bagarre !

— César ! Euh… Zorro !
Délivre-moi ! » crie Margot.
Maelys la sorcière jette des sorts
très très forts ! Abracadabra !
C'est la bataille du château fort !

Les amis font beaucoup de bruit.

« Zou ! dit Maman.

Tout le monde dans le jardin ! »

Personne ne dit rien, sauf Petit Lapin Blanc.

 « Oh ! non, Maman ! »

La grosse branche du cerisier

est un bateau, un cheval,

une cabane ou un carrosse.

Comme on veut !

Et c'est chouette de jouer déguisés !

Papa et Maman viennent s'amuser eux aussi.

Mais quels drôles de déguisements !

« Dis donc, Petit Lapin Blanc, ils ne sont pas

un peu toc toc tes parents ? »

Directeur, **Frédérique de Buron**
Directeur éditorial, **Brigitte Leblanc**
Édition, **Nathalie Marcus - Noémie Coquet**
Maquette, **Solène Lavand**
Fabrication, **Virginie Vassart-Cugini**

© 2010, Hachette Livre / Gautier-Languereau
ISBN : 978-2-01226316-1
Dépôt légal août 2011 - édition 02
Loi n°49-956 du 16 juillet 1949
sur les publications destinées à la jeunesse.
Imprimé par Tien Wah Press en Malaisie.

Retrouve toutes les autres histoires de Petit Lapin Blanc

Petit Lapin Blanc
Pour grandir tendrement !